向南不惑

也人 著

长江文艺出版社

也 人

本名李镇东,1982年生于湖南衡南。中国作家协会会员,湖南省诗歌学会常务理事,《湖南诗人》主编,衡阳师范学院客座教授。参加《诗刊》社第38届青春诗会,出版诗集《向南而立》《乡愁向南》等5部。

目录

辑一　一江碧水

春天	003
花期	004
灯笼花	005
苹果说	006
入伏的秋千	007
日记	008
冰糖	009
城市路灯	010
故乡的云，被深秋吹散	011
邓启明露出了浅笑	012
白胡子	016
理发	017
饥饿的阳光	018
一江碧水	019
堆雪人	020
三月的一个下午	021
上山扫墓	022
知了	023

童年的知了	024
挖出半个月亮	025
炸豆腐	026
盛一碗儿时的腊八粥	027
乡下的月亮	029
养蚕记，第十八天	030
一个人的炮台	031
一丘丘稻田泪流满面，被悲痛淹没	032

辑二　登来雁塔

到宜昌，独钓长江（组诗）	035
济南的深秋（组诗）	038
云雾庐山（组诗）	042
三亚纪行（组诗）	045
遗落人间的九宫山（组诗）	049
到草庐，寻诸葛不遇	052

与卧龙先生煮酒	053
登来雁塔	054
第 N 次上南岳衡山	056
泛舟相公堡古渡	057
华航农庄的白玉兰	058
走进雨巷	059
再到印山	061
夜雨湘南	063
雨母山的雨	064
火山湖	065
蜻蜓一点水,逍遥湖便绿了	066
误入桃花源	067
相遇于草堂	069
小石潭记	070
夜宿紫鹊界,与一只蝉互换云雾	071
漓江边	072
雪天,在张家界写诗(组诗)	073
张家界的追问(组诗)	075
张家界,山水与生命的明媚经纬(组诗)	078

辑三　雨水之后

借春风	085
砍春风	086
南风起	087
布谷，布谷	088
雨水又至	089
雨水，烟花不冷	090
雨水之后	091
暮春，一声惊雷	092
入伏	093
虚幻的伏天	094
小暑	095
立秋后	096
重阳，或归途	097
霜降夜，登临襄阳城	098
柚子，挂满秋天的枝头	099
冬天的晌午	100
冬至前夜	101
冬至之后	102

寒冬将至	104
小雪	105
窗外，下着雪	106
大雪夜	107

辑四　向南不惑

藏经殿前的野菊花	111
擦拭	112
倒下的桅杆与匍匐的水兵	113
登顶，问道武当	114
莲湖湾的莲	115
枯萎的河床	116
梦回蚕茧	118
那只猴	119
南澳岛的风车	120
你，在山的那一边	121

秋，立在方广寺的檐角上	122
去菩萨崖	123
人是一根会思考的芦苇	124
唐城过客	125
望一江秋月，照亮前路	126
雾凇掉落，砸碎一地阳光	127
一朵荷的魅力，高过一座座山	128
一棵竹笋穿越一棵树	129
一粒芝麻	131
油菜花，开成时间过客	132
这个冬天，还缺一杯酒	133
饮一江黄浦水	134
午夜，大雪	135
向南不惑	136
后记：从这里到那里	138

辑一　一江碧水

春　天

一想起你
河边的水就沸腾了

春笋冲破堤坡
傲然站立,坚韧挺拔

花　期

油菜花想了很久
春天总是羞涩含苞

倒春寒太深
冻住了蜜蜂的飞翔

阳光，力透纸背
让一朵朵花儿开心怀孕

灯笼花

电被发现前,蜡烛点燃灯笼
蜡烛被制造前,灯笼花点燃夜

在光面前,每个灯笼都是少女
含羞地低着头,不敢点亮自己

枝叶间的点点红,是一张张唇
吸引着光,又放出自己的妩媚

被注目,被更多的曙光所惦记
壮大了胆,一夜间敞开了胸怀

挂上檐头,光明就照在眼前
满屋的灯笼,勾住思乡的故人

苹果说

几只鸟飞过,闯进了我的身体
让我惊讶、惊喜、惊慌
它们用展翅的自由,刺痛我

那群人又来了,闯进了我的身体
让我迷恋,让我迷离,让我迷失
他们用憋闷的手机镜头,刺痛了我

他们抬头,露出了晚霞般的欣喜
他们眼里没有树和叶,没有你和我
在这逼仄的院落里,他们羡慕一群鸟

我陷入悲伤,他们让我迅速地膨胀
我太青涩,还不了解季节和这个世界
不能假装成熟,假装红着脸面对日出

入伏的秋千

入伏了,秋千抑制不住
心情,挡不住北方吃饺子的习俗

它一直躲在那长廊一角
被四根铁链捆绑,一声不吭

风霜雪雨常来
夏的热鞭也曾抽打过它

午夜漆黑。它掏出心中的光
照亮木槿的花香,白如玉桃的红

没有风,它自己
摇晃自己

日 记

迷糊,想入睡
头越发沉重

扭动身子、脖子
用力地拍击左耳、右耳

脑袋中的高铁一直飞奔
没有感冒,没有喝醉

用右手一挖
挖出花生米大小的黑夜

浑身就轻松了
似乎逃离了一个梦

醒来,太阳照着窗台
回望半生,眼角的江水泛起涟漪

冰 糖

一场雪,凝于湖面
不肯融化,一些寒意
浸入人心,释放着冬

春天正赶来,带着你
阳光兼程,风冰凉
冻住了枯叶,还有糖

衔几颗,晶莹剔透
甜在蔓延,像那场雪
从儿时而来,带着爱
溢满年关,不肯融化

城市路灯

某一刻,一盏一盏齐齐亮相
有的灯,在时间的开关中苏醒
有的灯,在阴晴的天气里抬头
一排排,恭迎着城市的过客

欢心时,一路省略号的笑语
照亮夜间的每一片天空和白云
悲伤时,两行痛苦着的清泪
打湿了赶路的裤腿和凝噎的酒

城市路灯,站立在大街小巷两旁
白天沉默不语,一道无声的风景
夜晚精神抖擞,战胜黑暗的旗手

将路灯栽种到农村,早睡的村民
将广场舞跳出了城里味,乡愁
被一路路灯光照亮,而无处遁身

故乡的云,被深秋吹散

坐在童年的木门槛上,抬头望天
深秋的风正赶着几片落叶越过屋檐
在瓦面上闲庭信步,又调皮地
飞落下来,贴身满是皱纹的泥土上

老房子前的晒谷坪上,太阳疲乏地
打着哈欠,感染着蜷缩在屋角的狗
四处觅食的老母鸡哼着小曲经过
天空没有一片云在飘,北风也不冷

隔壁的旧巷子,依然安静地立着
保持着当年双抢季节的冷眼旁观
一切静谧如初,不泄露一点点秘密

秋收的谷堆,似一朵朵跌落的云彩
让成熟的田野堆满幸福和梦想
被吹散的故乡游子,终会找到归途

邓启明露出了浅笑

第一次进村,入户走访
深山村崎岖的山路映入眼帘
老人和土砖房子
一并留守在山林和乡音里
皱纹清晰可见
贫困的年轮也一目了然

村干部脸上的愁云
在与扶贫队员的暖心对话中
随风散去
阳光渐渐照进了窗户
邓启明不经意间露出了浅笑

祁东,省级贫困县的帽子
戴了许多年
发展的瓶颈缩得越来越紧
以往的荣光
却似水塘中的波纹渐渐淡去
脱贫攻坚的压力
是肩上的箩筐,越久越沉

一一结对,帮扶贫困户脱贫
握手,四十多岁的邓永忠
同贫困一样羞涩的"小老头"
交谈,哀愁是祁东方言的叹号
时常流出嘴角,伴着胆怯

妻子吃药,一日三餐
在女儿出生后精神突然失常
狂风暴雨般间歇性发作
儿子女儿逐渐枝繁叶茂
并未成为邓永忠无奈的止痛药
父亲邓启明骨瘦如柴的身板
已经挡不住家庭的衰落

放开话匣子探讨脱贫之法
犹如放下了多年贫困的包袱
如何开荒山,栽种冬枣
或搭棚子,圈养一批乌鸡
邓启明一下子有了激情
七十多岁的老人两眼闪亮
当年修马路的干劲又上来了

当村主任的运筹帷幄
带头将自家良田置换出来
一条长龙贯穿全村

让水泥路平整到每家房门前

"穷乡僻壤,还不是这样"
邓永忠埋怨父亲几十年
"没赚到钱,还赔上了好地"

"是共产党员就不怕吃亏"
回忆起当年的大刀阔斧
邓启明又不经意间露出了浅笑
"当村干部就得为村民办事"

满脸的自豪,满满的回忆
像孙儿考试卷上的满分
更像阳光下一丘丘席草
荡起的绿色波浪和无限希望

邓永忠此后当上了村护林员
成为山中一棵流动的树
妻子的病情和药费少了忧愁
减免学费的政策也结了果
女儿决定学一技之长去了省会
儿子转眼就到了高三
高考与未来,梦想就在眼前

邓永忠的抱怨,早已无处可寻

在加宽的村道上来来往往
偶尔，不经意间
也露出父亲邓启明一样的浅笑

白胡子

真难以置信
这面老镜子居然会说谎

以为是未干的水渍
还残留在镜面折射人生

要不,就是岁月昏花
热气模糊,遮挡了双眼

剥开迷雾,两鬓斑白
一声叹息原来韶华不再

渐秃的头顶,异常清醒
下颚的白胡子一目了然

一根又一根,根根扎眼
似田野里冒出的芦苇絮

不老的童话存于纸面
镜中人的迷失不可思议

理　发

一根根过去的时光
被剪断
有的不堪回首
有的美好依旧

掉落中
一根又一根泛着白
像江面荡漾的粼光
刺得双眼涩涩难耐

饥饿的阳光

她紧紧地盯着这个碗
刚刚煎熟的蛋
几片酸萝卜和酸豆角
还有满满的一大碗汤粉

她的视线从不曾离开
我却感觉不到炽热和爱
或许被昨夜冻伤了身体
或是被晨风吹凉了体温

我只感觉到她的饥饿
正如他感觉到我的饥饿
我们颔首相望会心一笑

这早餐店的对面是小学
隔壁正开着周末课堂
儿子在演算着数的秘语

一江碧水

暴雨将至,干涸的田地也睁开眼
一眼望到天明,乌云被狂风抽打

七月的湖南,是干蒸的馒头
湘江的支流们,有些饥渴难耐
露出河滩的泥沙,或者断流抗议
上游的人们,在哀叹中望眼欲穿

轰隆隆的抽水马达,不舍昼夜地抽水
为救治失血过多的土地,将针头
插入湘水的动脉,一江碧水灌溉

结穗的稻田,裂开的肌肤渐渐愈合
泛黄的脸回到青春,母亲微微点头

堆雪人

想堆一个自己,只能回望年少时
那从不被天气预报左右的大雪
忽然白了半辈子,仿佛一觉到天明
万物锃亮,每一步都新鲜和深刻

乱舞的鹅毛,几分胆怯
不敢敞开心扉去迎接炽热的眼神
一场激情的等待在寒风中冷却
找不到冬天的厚爱,来去悄无声息

禾坪上仅有的一层覆盖,难逃被爱
深秋忘收的薄棉被,也可包裹童心
才堆的雪人,不惧怕梦醒时的消亡

雪和雪下的黑暗,不因天亮而融化
虚掩的洁白,似祖屋年迈的木门
推开或进入一片空无,或叹息无补

三月的一个下午

太阳从西边窗户,胆怯地爬进来
影子独自躺在地上玩,漆黑黑的
远方的心事,像窗台上的仙人掌
被微风摇晃着,平添了几分醉意

夹在雨水泛滥的日子里,阳光
略带羞涩,无法释放内心的火热
管它阴晴圆缺,今夜的下弦月
在梦中流浪,像条无家可归的狗

墙上的老照片,被钉住无法行走
圈养的景,急忙脱去冬天的孤叶
一地零乱,似未收割干净的田野

过冬的胡子酒,从老坛子里飘来
干荷叶的香,无法抑制乡愁涌动
满屋的灯,似乎缺乏足够的温度

上山扫墓

进山时,风一下子凉了几分
像极了出殡那天的清晨
母亲往常一样走在前头带路
却不再唠叨儿子加件衣服

露珠渐次滴落,不再依附
绿的叶和各色的野花
我们终归不再依附这个尘世
与万物一样将肉身还给泥土

母亲和祖辈已走在时间前面
清明祭扫的,是那份念想
还有自己不久便老去的躯壳

雨,是山林间的两行清泪
不经意滑落眼角,或悲或喜
太阳总会抬头,看看每个人

知　了

从不呐喊,她知道
语言并不是唯一的武器

浑身颤抖,因为季节
不停地展翅欲飞,想逃

对于这个世界,可能
还一无所知,或知之甚少

她却反复地扩大音量
知了,知了,绿肥红瘦

昨夜的雨,只是一阵风
没留一丝痕迹,热依旧

城市的街头,燥热不安
每一棵树,都试图逃离

换一个称呼,蝉先生
一生活在童年中,知了

童年的知了

卧在地上的虎抬起头,志在必得地反驳
你就别想逃了,怎么可能会有狮子来呢
站在桌子上的汗摇摇欲坠,同样要命的
狮子已经破门而入,不知谁先成为猎物

芒种快到了,太阳晒得空荡荡的田地
心里满是惊慌,似春天的野草还在蔓延
似时间的虎和狮,步步紧逼近在眼前
两手空空的人,面对强敌难免焦虑不安

知了叫不醒夜晚,同样叫不醒一个梦
童年的闲暇,仿佛草原上自由自在的马
整个山川河流和蓝天,任由青春去奔腾

桑树的枝条依稀可见,一些嫩绿的桑叶
助无数的蚕褪去稚嫩,破茧成蝶的少年
与城共成长,仍能听清儿时知了的欢唱

挖出半个月亮

走下北回归线广场,秋天到来
青澳湾沙滩裸露在一片欢腾中
波涛温和地拍岸,黄昏的南海
每一朵浪花,都想逃出海的束缚

儿子挖着沙,想垒出一座城堡
挖出了贝壳和海螺,我帮忙挖着
挖出了瓶盖,挖出了半个青苹果
我多想挖出逝去的夏和海的隐秘

还想挖出童年的梦,即便没有海
挖一口塘也好,却在浪花中决堤
终于挖出半个月亮,挖出了渔火

儿子说要垒成一个炸弹,炸个洞
装下蓝天白云,装下满夜的星星
海水有些惊慌,迅速抚平了沙滩

炸豆腐

油已煮沸,柴火正旺
一坨坨水豆腐浮出锅面
痛快地翻滚着,整个身躯
变色变轻,变出一身铠甲

历经油锅,全然无畏烟火
浑身冒汗,不停歇地奔跑
从油菜花的田埂,到豆黄
四季跑过年轮,农俗依旧

拌着酱油辣椒灰,让童年
从味蕾上返乡,农历新年
跟着农家户户炸豆腐逼近

或缺的,秋后的田野空旷
麻雀逃离寒冬,草垛不见
唯有油菜苗揣着梦和乡愁

盛一碗儿时的腊八粥

儿时的腊八粥,也不过一碗稀饭
稀饭里满是花生、黑豆和莲子
这些都是自家田地里生产的
自产的还有一家人的欢声笑语
众星捧月般笼罩在地炉四周

地炉旁总少不了母亲
已废弃多年的地炉
藕煤正旺盛地燃烧
母亲剥着干桂圆,剥好几粒
便递到我的手中,她剥去的
也包含我童年时的顽皮
每一颗桂圆,都润物无声
在幼时心里埋下一颗颗种子
一碗碗八宝粥,是一年年的春泥

那时的母亲,也才三十多岁
不像我现在对儿子的严厉
她总是迁就我,把我放牧在田野里
像牛一样吃饱了草,疯了一身汗
一声小名便牵回了家

少时,曾对清贫的腊八粥有过轻蔑
难于启齿那廉价的出身。母亲走后
又不时想起和难过。做了父亲后
恨不得让儿子多吃点好的
而儿子时常不领情,反生厌恶
这多么像母亲
盛给我儿时的那碗腊八粥

乡下的月亮

乡下的月亮
很静。出走几十载
猛抬头时仍然紧跟

屋檐的影子
瘦弱依旧
屋里的人
渐渐消瘦淡出人间

踩着孤单的影子
以为踩碎了
就不再寂寞

推开一扇门
以为乡音回荡
就能重返儿时的路

养蚕记,第十八天

第十八天,生命即将度过一半旅程
或许还不是你,与这个世界的交集
上一个轮回,你的父母怀揣繁衍
初喂养时,体魄还没有如此的健壮

你的身躯,是一根锋利的筷子嘴
每一片桑叶,似一片被蚕食的云朵
那密密麻麻的声音,是水滴滴落
在干涸的尘世间,滋养生命的音符

不再讲究桑叶的鲜嫩,深绿的咀嚼
整个躯体更充实,不断排出的蚕屎
像成熟的桑葚,延续着桑树的魂灵

夜以继日地啃食,不知疲惫地执着
那张嘴,就是一把收获季的镰刀
当吐出千米丝时,生命蜕皮般新生

一个人的炮台
——致敬金刚川

来不及哀悼最铁的战友
简单地垒起一个土堆
点燃一根纸烟纪念
刚刚被摧毁的那个炮台阵地

明知道自己即将成为亡灵
毅然点亮阵地
这是最后一门高炮
早已做好同归于尽的准备

天亮前的渡江
只能靠这条反复被炸的工兵桥
金刚川不怕轰炸与燃烧弹

就算左臂左腿被炸飞
不再有其他炮位战友的配合
最后两发炮弹也足够歼灭敌机

一丘丘稻田泪流满面,被悲痛淹没
——沉痛哀悼袁隆平院士

阴雨连绵的天,在这个午后骤雨初歇
见孩子扒干净碗里的最后一粒米饭
一个慈祥的身影,静静地离开了人世
他将自己化为一粒种子,住进了稻田

从泥土里走出来的人,终舍不得大地
尽管白云在呼唤,歇斯底里地喊着
一丘丘稻田泪流满面,被悲痛淹没
默默承受着一粒粒种子的悲伤和心痛

暴雨涌入江河,浪潮即便无法抵御
灯塔却永远明亮,一粒米强大一个人
亦可强大一个国家和一个民族的未来

袁隆平,与杂交水稻互相命名的男人
从此活在每一粒稻谷里,与季节同行
滋养着粮仓,挺拔着华夏大地的身板

辑二　登来雁塔

到宜昌,独钓长江(组诗)

1. 三峡人家的瀑布

山上有水
少年一样奔跑四溅,逃离大山
被摔得体无完肤后,一路潺潺成溪

山下有水
山的脉搏汇流成西陵峡
急流的岁月里,三峡人家独守险滩的秘密

迷你型瀑布,让老山滴水穿石
重新焕发青春
幺妹的喝声掀开甘溪亭帘子
浅潭中木船空空,等待摆渡人归来

2. 独钓长江

身影为杆,左手一甩鱼线一根
上弦月做钩,静看跨江大桥霓虹
独钓长江之秋,每条船都是诱饵

大江之上,你我不过是一粒沙石

巫山云雨奔腾,葛洲坝敞开闸门
一座座高峰化为舟,随波逐流
高峡张开嘴,呼出一片片云彩
急流险恶,峡口露出锋利的獠牙

星星跃入江中,不畏艰难险阻
安逸的天空,长年寂寞相伴
不如鱼翔浅底,接受江水的洗礼

不见武昌鱼,成群结队的上岸
中华鲟坚强地活,不过江水一滴
夜色袭来,只见昭君正泛舟归途

3. 登屈原祠,望三峡大坝

着楚衣,一身虔诚登阶追寻步履
太阳晒干了历史,秭归大地上
湿润的楚辞,也有了爽朗的笑声
登屈原祠云淡风轻,正是仲秋时

三闾大夫,步履轻盈地走出离骚
目光掠过山风,远眺高峡与平湖
三峡大坝,长江上的一根银腰带

高山流水的经年,集结万千宠爱

过往的航船,似一排排列队兵士
经过船闸,完成一场庄重的仪式
顺流或逆行,仿佛经过人生关隘

蓄水,从古楚孕育出一场场壮举
蓝天下,白云奏响绿水青山和弦
左岸的水电,正被右岸蓄势追赶

济南的深秋（组诗）

1. 在大明湖畔，以湖为镜

那些暗流涌动的泉水，难抑躁动的心
总想出人头地，千百年不曾停歇地流
每个泉眼，都是大地发泄内心的泪腺
激湍的趵突泉，注满古帝今人的双眼

大明湖畔，柳条正在挣脱深秋的束缚
败荷初现湖边，泛舟的人悠然自得
人比黄花的李清照，最爱湖东行不足
倚栏长思，季节仍留不住前行的步履

泰山巍然屹立，高山好水潜伏于心
黄河波澜起，皆源于一口又一口泉涌
大明湖畔的风阵阵，正蓄势引流入河

以湖为镜，可看清一口泉的前世今生
以水为天的湖，能否承受超然楼的爱
漫步如细流，终将淌过一个个坡或坎

2. 等待一场不期而遇的雪

早晨的露珠沉重了一些,凝结成霜
在泛黄的落叶上,涂抹着萧瑟
被深秋的风渐渐吹散,独自滴落
同落入泥土的,还有稍纵即逝的秋

等待冬天,等待一场不期而遇的雪
像童年的某个黎明,被一片雪白叫醒
漫天的飞舞,盖住了曾经的过往
纯净的天空下,张望的眼睛不曾辜负

南方也好,有等待有失望更有期待
北方也罢,一场雪总迫不及待地赶来
一场又一场雪,驱赶着秋天最美时光

那些少时装入空瓶中的梦,是否如雪
早已融化却不曾知晓,当年种子般
埋入泥土,原来等待的是春天的萌芽

3. 霜降后的济南

霜降一到,济南便断崖式降温
片片残叶滑落枝头,午夜风起

老舍的温晴,早已冰凉在深秋
泰山巍峨之躯,试图抵挡寒流

来一场绵绵无期的细雨,淋湿
老街的身影,菊花也蜷缩起来
放慢了绽放的步伐,只有柳条
还垂怜着过往,摇头摆尾地笑

荷叶已枯,尚有几片不曾老去
发黄的绿,撒落在大明湖畔
像琼瑶笔下的夏雨荷,憧憬着

赶紧掏出笑容,驱逐灰暗之晨
让太阳站立在四季常青的叶上
让每一口泉眼,涌出恒温的爱

4. 深秋里的老冰棍

细雨敲打着午夜,寒流追赶着归人
古城老街在晨曦里,被冷阳叫醒
有风拂面,带来冰凉而清新的问候
步履慢条斯理,似大明湖畔的垂柳

灵岩寺的残垣被照亮,透过石门
碧空绿枝银杏黄,彩绘出醉美油墨

柿子红了，在林荫小道边无人采摘
方丈四处云游，独留辟知塔守望着

深秋里的老冰棍，一路攀登到山腰
千佛山的午后，兴国禅寺功课声声
鸟瞰济南城，黄河悠然淌过天际边

几只喜鹊欢快地拍翅，与晴空嬉戏
洪楼教堂前，一对恋人摆弄着婚纱
十八罗汉全然不察，怒目中深藏善

云雾庐山（组诗）

1. 白鹿洞寻鹿

寻一头白鹿，抵达宋时的五老峰麓
有名无洞的白鹿洞，终有人望文生义
挖洞琢鹿，一头石鹿跑进新的视线中
却背弃了唐人李渤，养鹿自娱的初衷

俯视似洞的低凹地势，朱熹如获至宝
开坛讲学，讲出古四大书院之尊位
白鹿国学的美誉，可齐名金陵国子监
引无数大家与后学同往，热闹了庐山

初夏细雨霏霏，打湿了一张蜘蛛网
结于王阳明石像头顶，以为抢占高地
殊不知，唯有亘古的思想才屹立不倒

如清泉流长，涌出一股股山的精髓
白鹿洞书院，横看成岭侧成峰的人文
正在季节里流转，带步跨过一座座桥

2. 遥望庐山瀑布

一再抬头,也无法找到瀑布的源头
远眺山顶及天,迷雾云层难舍难分
一场雨疯狂发情,天下第一泉的水
从天而降,仿佛长河瞬间打开闸门

李白一望庐山,望出三千尺的流淌
每个山谷,千百年来被古诗词滋润
白鹿洞滋养出文脉,筑起书院高峰
苏轼不识,成岭或成峰也不曾置疑

九江以湖的肚量,装下历史的点滴
或喜或忧的人,过客与否都不重要
高山流水下,瀑布可再次遥望揽怀

三千丈的白发,在紫烟中返老还童
周筠的庐山,早已在枕流桥畔钟情
不眠的滚滚长江,或许正抬头遥望

3. 云雾庐山

一片片嫩叶,用绿的力量抵抗住
漫山云雾的包围,独立初夏与山涧

上上下下的缆车,努力擦拭眼睛
也带不走一滴雾珠,带不走一座山

含鄱口的亭子,孤单地立于山顶
鄱阳湖的脸,隐匿于镜头和眼前
忙于跋涉的人,不愿放弃来的奢望
藏于心的辽阔,在羞涩中突破云层

不畏浮云的眼力,鱼贯于大道小径
风从峡谷来,吹来仙人洞的深沉
一代伟人的感慨,皆因身在最高峰

泡几片叶子,山的灵气和清新翻腾
一丝疲劳,被惬意的豁达慢慢缓解
午夜的上弦月,照得雨后身影单薄

三亚纪行（组诗）

1. 致南海海上观音

开车去南山寺，免费的高速
与蓝得特别的三亚天一样
让人情不自禁，硕大的白云
迎面撞过来，混淆了人间天上

风从海里慢慢升起，两侧青山
纷纷吐出怪异云朵，像列队佛徒
虔诚地奔向南海，面朝海上观音
凉亭铜钟敲响，清爽了当空烈日

一百零八米的观音，站在海平面
慈目善待来者，用万物的标准
普度众生，相机却无法定格表情

入岛的飞机，盘旋三亚湾或回望
菩萨始终面带微笑，迎来送往
左手紧握的经，晴空下熠熠生辉

2. 亚龙湾,立秋的风归来

背靠一棵椰子树,摇晃的果实
压迫着向上的张望,饱满的椰汁
独自对抗着夏天,甜蜜地等待
不远处的海,走来一群海螺姑娘

倚靠着一袭风,从山与山的间隙
秋天正乘兴归来,举起亚龙湾
将海一饮而下,嚼不烂的波涛
在喉咙里兴风作浪,泛起咸味来

潮湿的沙滩,无法晾干往事
夏天就要离开,近在咫尺的岛
仿佛未知的谜,乌云正赶走夕阳

还有一片火烧红,执着点燃一方
照亮孩子们冲浪的追逐和兴奋
灯光点亮夜,点亮一望无尽的海

3. 夜雨,淋湿了沙滩

一场暴风雨,暴露南海热带性情
夜雨绵绵,倒让整个海域迷惘

雨下不下,有些灯光已经安眠
有些通宵达旦闪耀,配合着台风

露天阳台上,雨淋湿了脚板
几听啤酒,让二十五楼有些醉意
远航的游船,正被闪电追赶着
摇摇晃晃,马达声阵阵此起彼伏

岸边,一些迷离的贝壳还在散步
孤独如黑夜笼罩着,却带来隐秘
在黑暗的潮汐中,一切不复存在

有些秘密埋入沙堆,被浪冲洗
还有的走上岸,躲过夜雨的淋漓
沙滩已浑身湿透,一些脚印模糊

4. 鹿回头,卷起南海千层浪

暑气已消退,退到了原始的安宁
一场台风突然梨花带雨,狂风
卷起浪花,将水下隐匿的脾气
甩上岸,泼向一些无辜的哭泣声

那个擅长弓箭的小伙,给了黎族
一个道不尽的故事,鹿回头处

唯有爱不朽,历经千年风吹雨打
铭刻人心,终成不被融化的石雕

海之南的崖州,不再偏远孤独
那一波波冲击海滩的浪叠千层
也无法上岸,无法侵蚀鹿的传说

乌云过后,阳光肆意强吻海面
胆大的螃蟹爬上岸,眼放微笑
仿佛暴风雨从未来过,静谧如初

遗落人间的九宫山（组诗）

1. 溯溪石龙峡

把自己扔进峡谷，想象成
一尾猴或鱼，在野树枝间
自由坠落，一跃潜入溪流
两岸山峦寂寞，独自翔游

小桥流水，被命名为景点
孩童的笑声，比水更清澈
拍一掌，童趣在潭面荡漾
引得来往的脚步不愿前行

枯水又如何，青山不老
瀑布自然长流，一路奔腾
潺潺之志，足以汇聚江河

挥一把汗，山涧细雨迷离
风迎面而来，竹频频点头
走一程，走进小溪的梦乡

2. 铜鼓包的风车

登顶铜鼓包,不知身处何地
在一片白茫茫中,容易迷失
自己,没有参照物的山顶
忘了天空,以为远离了人间

在海拔1583米的石刻前
终于发现了山和自己的高度
风,四面八方地呼啸而来
脚下已腾云驾雾,荣辱皆忘

从一线天上来,还是看不见
天,心有多大自然就有多广
景的美,有时并不需要眼睛

比如眼前的风车,呼啦地转
人们看见与否,都在发电
不影响意境的存在美的诞生

3. 无量寿禅寺的雨

入寺前,流云飞奔佛光普照
佛道共存的禅寺,值得参悟

放下俗世,准备恭身登阶
细雨如线,滋润着初秋万物

见佛就拜,需虔诚入殿叩首
无量功德,在弥勒佛的笑中
几位居士在一场法事中张望
殿外的嘈杂,尚未剔除于心

风带来无量雨,想洗涤尘世
还一个宁静的人间,却忘了
凡夫俗子的肩膀,能否承受

奔跑吧,瞻仰过佛容的尘埃
那一滴滴雨,在无声中呐喊
追赶着高山的步伐遁入世间

到草庐,寻诸葛不遇

十年躬耕,隆中山风吹得季节老
老龙洞的水潺潺无语,滋润着
垄田上每一株青苗,十七岁少年
拔节而立,日月在六角井里轮回

草庐的灯,孤独地对抗深夜的寒
彻夜无眠的求索,渐渐饱满
满腹经纶的人,如一棵智慧的树
隐身山林,也会为世人所瞩目

桃园的三兄弟,锲而不舍地来
云游的心终以安定天下为己任
三顾茅庐后的历史,早已有预谋

十年青春,不负一方山水的众望
古今多少事,登高远眺一回头
初到草庐,诸葛避而不见确难寻

与卧龙先生煮酒

到古隆中寻访,早已不见先生踪影
深秋的正午,老龙洞的水缺乏寒意
太阳猛照,温暖得有些不合时宜
舀一瓢六角井的水,到草庐亭煮酒

等卧龙先生归来,如当年等他开门
那日中午的酒,还有些香气飘荡
一直飘到草船,飘得将士涨红了脸
整条长江惊涛拍岸,从此难以忘却

斟满酒杯,先敬叔父诸葛玄荆州行
再敬好友徐庶的惺惺相惜唯才是举
还要敬刘皇叔,入世之访委以江山

醉酒前再喝一杯,十年躬耕天与地
耕出三分天下之计,耕出武侯之位
山水之上,有谁能将历史翻云覆雨

登来雁塔

别过蒸水对岸的石鼓书院
沿着湘江北去的脚步
用暴雨洗净真身
推开雪帅演武时沉重的大门

拾级而上,风铃在檐角招引
平息澎湃的呼吸和激情
进入每一块青砖的内心
那些南行的大雁,不再展翅
从此安身伫立江边

风暖过无数春秋,也凉过
浪洗涮沿岸的泥沙
洗不净石磴盘旋的尘埃
落满每一层台阶的缝隙
细微的厚重填不满八楞的空心

登顶,并不算真正的登顶
不像一座山,总有路的尽头
眺望,望不到乡音
每个方位都有着不同的过往

石鼓的书声也隐忍了百年
只有风铃不时响起
清脆而忘我，浸入灵魂
湘水蒸水耒水，彼此不语
一如对一座古塔的虔诚
闭上眼，也是满世界的景致

第 N 次上南岳衡山

再一次上南岳衡山,太阳跟着跑
密密麻麻的古树,将阳光撮散
三伏天的炎热,落得一地斑驳
秋的清凉,提前钻进了汗湿的衣

天空在华严湖里,透彻而安静
风格外干净,轻穿过寺庙的绸带
拜佛的人,每一步都愿意掏出心
信念注脚一座山,让香火永不歇

儿时怕鬼和佛像,因为恐怖狰狞
长大后怕人,尽管他们衣冠楚楚
第 N 次上山,有些不敢磨镜看人

野菊花自在,日夜守着殿堂梵音
溪流潺潺,放下了去冬里的雾凇
一群人试图争吵,一群人正酣眠

泛舟相公堡古渡

一只脚踏上码头，亦踏进午时
太阳还未苏醒，云层飘忽不定
深秋的风，吹起水面的寒气
并不能阻止诸葛当年屯兵古渡

水泥化的渡口，钢铁化的船只
耒水依旧，来去匆匆的脚步
皆是过客，河对面的岸堤不语
渡人是船的使命，河便渡船

对岸，一片橘林抛撒着诱惑
一座寺庙在古樟旁略显年轻
熙熙攘攘的来人，不带走虔诚

不管大江小河，谁不想渡自己
一方水，在渡人中名垂千古
也需不断洗涤，缔造亘古之躯

华航农庄的白玉兰

躲在华航农庄的一隅,以为可以
躲过春天和发现,一夜风吹雨打
簇簇花瓣匐地而走,暴露了身影
那硕大的白和零乱,出卖了自己

九曲十八弯的乡路,颠簸出秘密
湘南山村里,藏了些心事和向往
两只老鸭追赶着一只稚鹅,激起
一潭春水,也激颤着单薄的春装

还未腐蚀的草耙,等待一支长箭
精准地射入内心,溅起片片欢愉
让常青藤走廊,布满阳光和私语

瞅一眼跑马场,一地野草在奔跑
独不见野马长啸,骤雨闻风而动
几株白玉兰兴奋地站到山的跟前

走进雨巷

一脚踏进白沙的青石板古街
雨也跟了进来,淅淅沥沥的

找寻久远的过往和芍药花开
狭长的巷子仿佛挤满了商贾

盐码头人声鼎沸,让整条街
都有了味道,有了通江达海

毘帽峰的云雾渐散,春陵江
紧抱着古镇,看尽人间繁华

苏家码头的井水,清澈照人
洗涤着一条江被搅乱的心绪

慰藉着南来北往的躁动脚步
也不断地洗涤着自己的容颜

一把把雨伞,却挡不住雨滴
从屋檐滑落的命运,如瓦砾

一棵无名的小草,倔强生长
跻身在青砖缝隙间,似雨巷

刚出炉的烧饼,散发着诱惑
宽阔的舂陵江畔,波澜不惊

走进雨巷,走进灵魂的深处
透过斜风细雨,看得见光阴

再到印山

再到印山,正值晌午
太阳破空,晒干了连日的雨

入口的假山上,水流如瀑
山上那些石头酿的酒
正汇流成河,醉了来人和去者

踏上每一块青石,都有名字
在曾经的记忆里不肯离去

那些名字被篆刻在矗立的石上
和一个叫吴国威的老人有关
那十余年的雕琢,像抚养孩子

随着春天的竹笋成长
那些有了名字的石头有了身份

他们无法下山
他们固守着这一方山山水水
以中国印山的名义面对世人

每一个来去匆匆的脚印
无法踏出山的深度和内涵
无法雕刻一座山的高度和名望

中国印山,将历史印在了山间
每一枚印章,都在无声地诉说

夜雨湘南

一道闪电带雷,总在夜深人静时
像一丝狡黠的笑,划破圆月的脸
赶路的货车,无法察觉黑夜的表情
急忙丢下喇叭声,不扰熟睡的午夜

酣眠的人们,无视一场雨即将到来
窗玻璃独自抵挡着雨滴的狂轰滥炸
将初夏暴躁的脾气隔离,只留宁静
仿佛一个梦境的片段,短暂而唯美

夜雨湘南,在微风细抚中张开睡眼
看太阳并不着急,与叽叽喳喳的鸟
嬉戏于树枝头,喂饱饥饿一宿的耳

一些急于拔节的植物,无法安眠
敞开干涸的内心,是对季节的礼赞
每个被滋润的生命,谁能无动于衷

雨母山的雨

一座山,历经万世尚能永葆青春
无数的根,深扎那滋润的内心
面对秋,一些季节的挚爱也泪目
难免萧条凋零,总逃不过风吹雨打

下一场雨,是需要酝酿满腹情绪
比如晴空久旱,焦虑的眼望穿秋水
是落在干旱的田地,还是洗刷路尘
或是淋湿一双鞋,阻止午夜的蔓延

雨母山懂得拿捏,必定召集愁云
将对烈日的不满发泄,清洗干净
整个山顶和乡村,让秋高气爽回归

仲秋前的天空,手持宁静的湖面
上弦月慢慢地长成,醉美的笑容
被青山簇拥,踏着流星以素颜归乡

火山湖

满湖的雪也不能冰封你
满腔的激情与前世的记忆
还有前来仰望的种种猜测
高山上的繁星似不熄的火种

跃入湖中，无法探寻
一座山的脉搏和大地的心跳
曾经沸腾的血液毫无掩饰
喷散在生命无法沉默的关口

火山过后，一湖平静的心情
与蓝天白云静默厮守
是命运所赐，抑或日夜修为

途经的雄鹰，也颔首致意
想翔游湖心的鱼，正在酝酿
如何潜入一座山的前世今生

蜻蜓一点水,逍遥湖便绿了

循着庄子的逍遥游,到桂林灵川
漫山的秋,正在舒展着筋骨
野生的树和藤,窃窃私语着往事
片片黄叶悠闲地落入大地的怀抱

湖面剔透,白云与鱼儿嬉戏打闹
一只绿蜻蜓想加入其中,一点水
整个逍遥湖便绿了,无数的绿叶
在湖中鼓掌,为多情的深秋欢呼

滑翔的身影飘过湖面,泛起涟漪
沉睡的螃蟹,从石缝中钻出来
晴空下的笑声,怎能不豪迈入梦

径直上山的小路,也大汗淋漓
并不能阻挡攀登的姿势和步伐
登高望远的人,秋分时节正青春

误入桃花源

一场雨,从一个季节下到另一个季节
从一个城市到另一个城市,淅淅沥沥
或狂风暴走,眼前万物便都湿润起来

湿润的还有一颗心,被雨水久泡的情
一个人显得沉重,一双脚不情愿迈步
被雨淋透的眼,总在寻找格外的天空

车马一路走着,走过的路面越发狭窄
一座座山紧紧相连,仿佛孪生的兄弟
一滴滴水连成一片湖,将山孤立于世

山门敞开心扉,似山与山的丹青留白
循道而入,便见一簇竹林站立在路旁
颔首而握,瞬间就读懂了方竹的忠贞

乘舟溯水豁然开朗,两岸良田与美池
忙碌的农人怡然自得地耕种,桑竹上
荡漾着鸡犬之乐,阡陌交通往来自在

山歌满地跑,孩童的读书声像百灵鸟

笑容堆满了脸颊，见到外人连忙招呼
盛情邀约到家中做客，陈年佳酿以待

无奈误入桃花源，两手空空有失礼节
门槛外接过酒，举杯敬山敬水敬人间
应诺不为外人道也，从此深藏功与名

相遇于草堂

风雨突降,初夏的成都骤冷似深秋
信步于浣花溪畔,与少陵兄撞个满怀
抱拳鞠躬,皱褶的衣裳难掩一脸惆怅
茅屋依旧单薄,满腹忧心仍不忘寒士

不见黄鹂和白鹭,不见枫林与霜叶
哀号声日渐远去,江亭中席地而坐
唐时之事历历在目,朱门身影被踏平
放下愁怨和过往,斟满酒再放歌一曲

城春草木深,故乡的月是否随风潜入
聊聊万卷诗书,一生的光阴有多长
为山河民生而歌而泣,必成百姓香芹

润物的诗句,早已装满广厦千万间
却不及一封家书和乡音,一弯上弦月
溪中成群的锦鲤,无法呼出不尽长江

小石潭记

柳宗元的小石潭,当年是否留下
记号,洒落在潇湘大地上的溪流
长相大同小异,客居永州十年
拔节的文字,慢慢滋生成一条河

一千三百年前的足迹,仔细寻觅
清晰地流淌,依然是不变的方向
循着鹅卵石的记忆,古南蛮之地
在雨中,轻风仍吹出凄冷与感叹

寻找落寞的魂灵,在相仿的路段
找到一节河流,沿岸的青树
又换了一春,篁竹的根紧扎岁月

永贞革新,被贬是开弓时的伏笔
立一座柳子庙,为官似潭水之清
百姓心中的司马,做人硬朗如石

夜宿紫鹊界,与一只蝉互换云雾

夜宿老鹊楼,枕着雪峰山脉入眠
灌溉了数千年的水车镇,眨着眼
被雷电惊断的灯光,似苏醒的星星
绘制着紫鹊界,山里人家的生机

远处的闪电如车夜行,暴露了心事
一只蝉猛振双翅,云雾溢出酒樽
梯田流水厮守,享受着人间的清欢

漓江边

草坪乡的深秋,每颗鹅卵石都心藏秘密
银河玉石顺流而下,泛舟漓江回归人间

一群白鹭从岸边展翅,轻松飞越喀斯特
一只山鹰盘旋于空,并不凶狠长啸嘶鸣

昨夜疲惫的眼角,被江水冲得云淡风轻
船夫们交换着方言,江面渐渐泛起笑容

闭上双眼,方可打开鹅卵石那坚硬的心

雪天，在张家界写诗（组诗）

1. 最长索道

索道上行着，脚下的绿色渐渐淡去
缆车的窗玻璃外，视线被无情阻挡
一切跃入仙境，连心跳也冷得慵懒
世界上最长的索道，最陡峭的石壁
也湮没在白茫茫中，不敢现出真身
仿佛被天绳吊起，安静地上到楼顶

2. 天门山上

在人类的脚步登顶前，今冬的初雪
怂恿着天气，预谋在天门山上写诗
漫山的枝叶、石头和飞禽走兽身上
都写满了诗，文字纯洁得银装素裹
只一声长吆喝，雾凇里便蹦出诗来

3. 重返人间

风挟着寒，在一千五百多米的海拔

有些作威作福，所有的鸟雀和松柏
一夜之间都白了头，来来往往的人
也寒颤得发抖，通红的鼻子和耳朵
生痛起来，像猴子一样躲着那些风
逃回缆车车厢，暖流瞬间蔓延周身
下山的心融了冰，一下子重返人间

张家界的追问（组诗）

1. 天子山或天门山，风景或背景

向王的天子山，从一个民族开始
声名远播，走出一袭山的传说
走近古今中外的人群，越发传奇
与鬼斧神工的峭壁一样令人神往

美名天门山的云梦山或嵩梁山
一个天生的门洞，诱人以为通天
山与山之间的迥异，叹为观止
满足无数人的好奇心，誉满自然

骤雨过后，群山躲入云雾之中
幻想中的仙境，犹如眼前天外天
天子山与天门山，或风景或背景

张家界住着神仙，是一种心境
在同样的俗世，奢望不同的生活
是风景或背景，都无惧山美如初

2. 路过一方山水,发现人间值得

路过人间,路过天门山,路过金鞭溪
无数个纪元前从人间遁去的一方山水
又重返人间,隐秘地抵达一段新的修行

山在山上突破元神,水在水中洗涤内心
山在水中、水在山中彼此相望找回自我
深居的飞禽走兽与古树青藤相爱甚欢
烟火春秋从此不再别离,发现人间值得

3. 一滴水,冲向天门

一滴水,义无反顾地往山上爬
是向大坤揭竿为旗的一滴汗
还是宝峰湖里一尾鱼的一颗泪
或是金鞭溪晨曦中的一叶露珠
冲破凛冽的寒风禁锢和阻挠
流畅的身躯一再被挤压被扭曲
仍要冲向天门山,同众神归位
蜃楼执念皆罢,不过人间万象
海拔之上才能刻痕生命的经纬

4. 穿越冰雪天门

像穿越一段记忆一段历史
在冰雪覆盖的天门，时间孤寂
仿佛进入一片古老的未知
纯净而神秘，布满向往的诱惑
像穿越万物进入灵魂深处
敞开一片宇宙，内心神灵悬坐
水静而不语，山石冥想着前世
一切行走都是一场无形的坐化

5. 星空下的山水

他们在仰望在思考
生在何时，处在何地
谁的安排？上苍何在
是否与星空血脉相承
那一座座山和一方方水
从张家界飞越天际
似每一位修行者的追问

张家界,山水与生命的明媚经纬(组诗)

1. 仰望,未知

霜降无霜,皓月徐徐
迟迟不肯怀孕的金桂郁香袭人
躺在天门洞中
整座山,整片山
整个张家界,在这样的夜
更接近高不可攀的天穹与繁星

躲进山洞,躲进夜里
躺在一片空旷的山坪上
躺在倔强生长却尚柔软的草上
躺在虫鸣鸟啼停歇的宁静中

看山,漆黑中深不可测的隐秘
听水,潺潺声散落遍地的银河

仰望星空,仰望已知和记忆
仰望遥远距离之外的未知
这一袭山何时来到此地

谁的命令或安排？
是否与星空血脉相承？

星空俯下身，抚平胀痛的疑虑
不语
那无声的交流，是夜空中的风

这一座座山，一潭潭水
迅雷之势逃离黑暗，迎来日出
一次又一次
逐日飞越，从张家界
仿佛一位修行者的顿悟与不懈

2. 归位，经纬

来一趟天门山，路过太多沿途
从桑植的一个门缝中
溢出的哭嫁声
淋湿了上山的青石板路

一滴水，义无反顾地往山上爬
是英雄的一滴汗
还是宝峰湖里一尾鱼的泪
或是金鞭溪晨曦中的一叶露珠

冲破凛冽的寒风阻挠
流畅的身躯一再被挤压被扭曲
仍要冲向天门洞
仿佛冲破尘世的禁锢
穿越艰难与梦魇，同众神归位

蜃楼执念皆罢，不过世间万象
路过，无数个纪元前
从人间遁去的一方山水
又重返人间
隐秘地抵达一段新的修行
海拔之上才能刻痕生命的经纬

山，在登攀中突破自身
水，在淋漓后涤净内心
山在水中、水在山中久久相望
试图找回自我
深居的飞禽走兽与古树青藤
不顾一切相爱甚欢
烟火春秋从此不再别离
来来往往，人间美好

3. 叩问，如初

谁，点燃了一根火柴

一把又一把柴火,密密麻麻地
聚集,篝火照亮了屋场
照亮了微醉的脸颊和万物

也照亮了向王的心头,天子山
从一个民族开始声名大噪
一袭山的传说,走出大山
走近古往今来的人群
鬼斧神工的峭壁总震人心弦

篝火,也照亮了天门山
有着云梦、嵩梁美名的山
一个天生的门洞,以为通天
篝火便照亮了天宇

山与山之间的敌意与挑衅
填满了无数人的猎奇心
誉满自然的张家界
奇峰秀水,岂可轻言?

骤雨过后,群峰躲入云雾之中
那些流动的云,就是一片海
仙山隔云海
住着神仙的地方,张家界
是一种怎样的心境

叩问
谁，能无惧山美如初
毅然走出那方山水
只留给张家界一个背影
成为后世不可磨灭的亘古风景

辑三　雨水之后

借春风

借春风,策马长安
大唐的街巷,诗句腐烂
一夜暴雨,洗净秦砖汉瓦
骊山麓,酒坛飘香柳枝难掩

夜半花开,雌雄谁辨
漆黑的前方,是来时的路
侠客的剑,在子夜瑟瑟发抖
不如强敌当前,一战论英雄

还有哪块土,能生免疫的史
纵横天下,不过只言片语
王侯将相文韬武略,又如何

摆渡的船,水中央摇晃无边
千帆过后是木身,渡人渡己
始终上不了岸,醉里挑着灯

砍春风

一斧子砍下,斧柄和手腕都颤了颤
不知几时拔节的树,皮厚杆粗了些
连砍几斧后才见年轮,浆逐渐外冒
似初歇的细雨凝珠,在春风中抽泣

水桐、苦楝树和樟树,占领了院落
还有些杂木细枝,以为拥有着春天
仿佛在自家地盘上,时刻准备成材
直到斧头、钢锯和柴刀出现在眼前

院外的油菜花正在结籽,空气香甜
鲜嫩的树桩上,溢满了孩童的奶香
多年前一株株幼苗,葬身在梦想里

一阵阵砍伐,砍得春风无力吹汗滴
无论转世的种子,还是深埋的根系
人间流转汉唐犹在,只差一声呼喊

南风起

南风起,春天才正式抵达人间
白玉兰和蜜蜂,从潮湿的心事里
探出头,爽朗地接受太阳的爱抚
迅速拔节,照着梦想的模样生长

蚁穴异常躁动,微小者越能感触
小溪大流的心跳与山峰的思索
一些草也开出了花,含羞地笑着
有名或无名字的,都在风中起舞

水里的潜鱼,给卵石温暖的眼神
流浪的下一代,不知落脚何方
两岸泛绿的景致,早已无心留恋

童年的风筝,暴露了远足的野心
跑不出天空的脚步,被自由绊倒
春困又回到故乡,让人脸红如醉

布谷，布谷

布谷布谷，一声声泣血啼哭
震聋清明时节的峰顶与山谷
遍地杜鹃，吐出一朵朵鲜红
断肠的人，步履蹒跚地呼喊着

残喘的木门，不再日日虚掩
老屋外的声音，被紧紧关闭在
另一世间，一层薄薄的乡土
埋没了呼吸，以及厚重的人生

雨水过于充沛，淋落一地花期
阻挡了一些种子扎根泥土的心
只待一丝阳光，渐渐拨开云雾

布谷布谷，赶紧去割麦种谷
种下四季的因，默许未知的果
杜鹃一朵朵开，杜鹃一声声哭

雨水又至

似乎没有尽头
云端的心事
被地心引力抽丝剥茧
一茬茬散落人间

雨水之后
一只只蝴蝶挥动羽翅
破的茧,沉入山林
欲温暖一节节笋的梦

花未叫醒,春未回来
雨,不舍昼夜
新竹,已长成春的样子

不惑之年的男人
就是一场旷日持久的雨

雨水,烟花不冷

盛唐燃放的烟花,追着春节
趁着激情未冷,遛出了长安

雨水无雨,无法泛舟江河
古老的吟诵,等待一场春潮

夜半点燃,昙花一现绚烂
在都市的街头,得藏着小心

上弦月仰卧山头,乡村的星
安详于世,一场绽放在酝酿

三月不远,柳条急抽着芽
上辈子的雨,正越过一座桥

烟花,不论璀璨着现代文明
还是在江南,飘荡于诗词中

雨水之后,都忘却仇恨吧
暴风骤雨中,彼此紧紧相拥

雨水之后

雨水之后,是更多的雨水
冬天还在爬山虎般地蔓延
许多羽毛不曾舒展,保持着
冬眠,似乎春天不曾来过

溪流,以从未有过的低调
从白天流到黑夜,又到天明
许多事物,都跟着失眠
忘记了春天,忘记了自己

午夜的雷声,惊醒一夜的梦
淅淅沥沥的情绪和啼哭
似乎没有尽头,像新生娃娃

春静静地靠近,湘南的天空
重度感冒,偶尔的一丝阳光
让嗅觉灵敏,浑身一个激灵

暮春,一声惊雷

穿过小道和浓雾,上山下山的颠簸
让暮春的烦忧,在细雨中渐渐飘散
踏步方广寺的台阶,一声惊雷骤起
密密麻麻的雨急敲瓦当,想要归隐

二贤祠里空空荡荡,当年的论道
人去楼空,碑文的记载有点冷清
世道人情冷暖,正从门缝挤了进来
不见看门人,亦不见满腹经纶之士

船山先生的义举,在半山腰折断
南岳一声雷,挽救不了告密和失败
历史不能复始,春天还可年复一年

一些映山红错失了季节,独自招摇
新修的牌坊,揣测着古碑的心事
四处跳跃的麻雀,叽叽喳喳到天晴

入 伏

伏天将至,万物和人心一样躁动
水土流失严重的大地,渴望下雨
干裂的稻田,撕痛农民的神经
日夜祈盼,一场痛快淋漓的滋润

小暑过后,炎热突然掉头逃脱
雨由远而近,小雨大雨暴雨
欣喜还来不及,愁眉不得不紧锁
狂风肆虐,似乎无节制地击打着

一滴滴雨汇集成洪水,都张大嘴
吞噬着农田、房屋、树枝和大道
吞噬着农村和城市的静谧与生气

灾情入伏,煎烤着焦虑的情绪
洪峰挑战着,智慧凝聚成战斗力
不畏强敌,伏或洪终将一泻千里

虚幻的伏天

柏油马路是一条条刚出炉的钢板
浮于路面的空气如淬火的水汽
飘摇而虚幻,仿佛被钢刀般的风
切离地面,似一根根无椽的枯木

小暑走后,更大的暑气势不可挡
满池塘的荷叶,大胆地张开嘴
贪婪地储存夜晚的食粮,包括
午夜的蛙声,和躁动白昼的蝉鸣

入伏,进入了伏魔的战天斗地
一切悬于空,仿佛无休止的音符
眼前一片虚幻,只有脚底的滚烫

中暑的虚脱,像逃离冰箱的豆沙
满头大汗,需要十二月的土地
接纳内心,让季节渐趋清凉宁静

小　暑

荷叶上还残留着
昨夜的遗珠
风在四处寻觅
峡谷的柔情

老屋旁的巷口
吹来儿时的笑声
路边撒落的星星
点亮了归途

日子掉进空调里
一些人重复着春天
满眼却是秋的期盼

一粒葡萄敞开心扉
感悟着季节的酸甜
冷暖人生伏于小暑

立秋后

立秋后的八月,湘南还在夏天的腹中
天凉好个秋的魔咒,无法驱逐炎热
那些不曾停歇的蝉鸣,仍念着夜的好
远山上飘零的落叶,带不来凉爽的风

半辈子已缓缓滑落,却抱不住季节
处暑潜入人间,并不能满足焦虑的心
四处的热浪,仍起伏在汗流浃背间
只有路边牵牛花,开出了秋天的宁静

身处城中的人,时间久了便忘了时间
也忘了乡村小巷和巷口吹来的清凉
还有那些即将枯萎的荷叶,等待回家

藏经殿前的野菊花,如期地开示来者
包裹严实的香客,将虔诚叩满一地
火神祝融独坐山巅,静看云雾煮梵音

重阳,或归途

在盛夏与初冬之间
隔着一朵菊花的距离
那抹金黄的青春背后
住着重阳和登高的兄弟

九月初九,一绺秋风
吹来寒露和凉意,异乡
是季节的过客,行走
终会有归途,在不远处

加件衣吧,白鹭正衔来
故乡的丝线,声声嘶鸣
是母亲在秋收后的轻叹

游子们,踏着一片落叶
步入深秋,回乡的路
急促而安宁,仿佛当年

霜降夜,登临襄阳城

霜还未降,汉江的风寒意早起
深秋的临汉门,挡着进城的冰凉
多少年前的传说,已无将士把守
仿旧的古城,霓虹四处惊扰路人

诸葛亮铜像,沉思于广场往事
载歌载舞的大妈,无视车来车往
小诸葛文具店,正叫卖古隆中对
三国时代的智慧,总在午夜闪烁

放几盏孔明灯,照亮斑驳的城墙
也照亮那年的路,一路到茅庐
放下三顾的焦虑,隔窗相望就好

登临襄阳城,护城河水泛着光
夜还未深,赤壁的战船仿佛驶来
滚滚长江的谋略,征服英雄无数

柚子,挂满秋天的枝头

季节到了中年,农村的土地上
有些荒芜,有些布满收获
太阳挂在晌午,也垂挂枝头
金黄的柚子,温暖着秋的天空

寒露过后,许多果实都蜷缩着
早晚的寒气,鲜花不再肆意开放
嫁接成群的时代,哪棵树还纯粹
哪颗种子,都可能长得不像自己

采摘变得不再艰难,树越长越矮
柚子似橘子,枝叶的空隙被挤压
那是果农的眼,也是城人的寄望

走出村庄的马路,越走越宽
过往的车辆,禁不住抛锚回望
带走一袋袋柚子,带不走秋的心

冬天的晌午

从立冬到大雪,太阳顽强
雨水淋不湿抵抗,寒流退出主角
只有炎夏和寒冬的城市感官
一时无法确认自己,冬天的身份

晨风已吹暖,寒露正逃离人间
晌午的大地上,山菊花伸着懒腰
羊在啃食,不放过那抹残存的绿
池塘水面渐热,仍掩饰不了内心

山冒着冷汗,一些石头侧身倾斜
上行的喘息声,激活了一湖水
寂静的山涧,一声吆喝找回生气

风从北而来,带着躁动的情绪
让几件布衣成为英雄,而体温
捂热舒展的毛孔,释放冬的温情

冬至前夜

篝火已点燃,木柴正列队加入
一只羊,放弃野外的追逐
在辣椒和佐料中,也放弃抵抗
不入虎口,却早已诠释为诗意

华航农庄的夜,独立在雨中
雪的纯度,被内心反复提炼
时间在欢笑,每一朵火花
笑成报春花,思念被点燃炙烤

寻找一个山洞,回归生活本初
简易的吃喝,一群人扛起严寒
远来的风,与有趣的灵魂聚首

一塘水,开始荡漾于春的船头
漆黑的夜空,眼前无尽的宇宙
正在苏醒,深藏的冬走出桎梏

冬至之后

冬至之后,是更深的冬
雾霾或雾凇,冰雨或冰雪
寒风或寒潮,未来或未知

逝去的冬日,秋收冬藏
在收获与希望的时空
充盈悲喜与想象,四季的
轮回,地球公转又将圆满

立春的期盼,水暖的池塘
被一副眼镜反复窥探
镜片里的明天或折射散光

冬至已至,秋天和春天
将握手言和,一年又一年
岁月不歇,皱纹又花开

早春的虫子或花蕾
挣脱出冬眠的桎梏和梦乡
大胆地站在风霜雪雨中
与其等待,不如奋起抗争

命运，不等于生命的贵贱

冬至后，得面对更深的冬
得准备接受倒春寒的伤害

寒冬将至

银杏脱去了最后一片羽衣
羞涩而又坚定地站在山头

凌乱的墓碑上格外冷清
雨水反复洗刷死亡的气息

一只麻雀沙哑着叫了几声
就被一缕锋芒带离人间

黄昏与明月本就素不相识
在暗淡的路灯下无法纠缠

一对情侣裹紧单薄的身影
奔着水泥马路的尽头而去

短暂而急促的汽笛冒着汗
早已淡忘了远方的期盼

放学的孩子错过了车程
奔跑着将寒风带回了家门

小 雪

小雪紧逼,年关将近
童年时的期盼早已丢失
忐忑和不安涌上心头
人到中年,害怕过生过年

小雪飘零的意境
似青春岁月中的恋情
越寒冷越温馨
越久远,记忆越清晰

冬阳下,残荷满湖
一些钓竿深入季节内心
不知往事和云朵谁先上岸

做一个农夫,日落而归
不会两手空空,独叹寂寞
一辈子,一亩田的四季轮回

窗外,下着雪

寒流伴晚,风无眠
拉开帘,天空阴郁
雪人,失去了模样
一摊水渍,湿透了心

某日,朋友圈大雪
闭上眼,静待一夜
雨,点点滴滴沉重
飘来分娩前的痛楚

下雪了,满街的欢呼
喧闹的城,静了一半
马达和脚步,格外踌躇

窗外,夜越发深沉
一些愁绪,落入泥土
待清晨,满眼童年的光

大雪夜

推开早晨的木门,雪
落满双眼,从地上到屋顶
到天上,一片一片密密麻麻
静谧的乡村路,一两声犬吠

冷风从门缝中挤进来
钻进衣领,一个激灵寒颤
转身看见地炉的煤火正旺
关上门,搬条板凳坐到炉角

双手伸展,伸出暖和的被窝
被一个懒腰打醒,拉开窗帘
眼前一片亮堂,又艳阳高照

大雪时节,三十多年前的
一场又一场大雪,困于梦境
让思乡的午夜,总期待天明

辑四　向南不惑

藏经殿前的野菊花

深秋的细雨,爬上高山寒意更浓
深藏于南岳衡山的藏经殿前
野菊花无畏风雨,开得格外的香
每一朵都是佛在世间的一张笑脸

诗人们也是满眼的虔诚和温暖
纷纷命名野菊花,想让花容长存
在晨钟暮鼓声中,继续修行
每一种形态和颜色,都浑身禅意

寻找无限花期的路,布满青苔
走吧,上山是山,下山亦是山
久经磨练的石阶,皱纹舒展了些

不见陈妃的美人池,一只野蛙
仰天长叹,传说在无意花语间
仿佛隔世重现,北风已翻开经文

擦　拭

拿起铅笔，准备画出句子的错误
右耳突然痒了，手里没有棉签和耳勺
笔的顶端的橡皮擦，格外醒目
将笔倒插入耳洞，旋转擦拭再旋转

像小学时改正作业，一遍遍擦拭
不容忽视，止痒成为此刻的当务之急
这和当年对满分的追求，是一致的
只是本上擦去的是过去，耳里是当下

还有一些过往的错误，深藏于心
是擦不去的，形如深刻于心的痒
生活的灰尘一层层堆积，也需要橡皮

就算一场雨，也只能擦去模糊的眼
擦不去自身的脾气和一些肮脏的想法
如果能擦净大脑和尘世，就该多擦擦

倒下的桅杆与匍匐的水兵

单孔望远镜的长筒,锈迹斑斑
像陈年的枯枝,像受伤的大腿
几只海鸥远道而来,衔着憔悴
与衔来的天空灰暗的心情相契合

紧握长筒的手,向着目光的方向
那是桅杆倒下后的前方,匍匐着
与水兵姿势一致,无论是海面
还是走上岸的海滩,都曾经矗立

几片旧羽被啄落,飘成一束束云
为匍匐的水兵、望远镜和桅杆
遮挡岁月,塑成不老的青春秘密

倒下的,还有一些曾经的暴风雨
与行色匆匆的乌云,天空无声
任和平大愿,慢慢溢出水兵的眼

登顶,问道武当

漫天飞雪的视线里,藏着多少仙境
神话与传说中,被一代代传颂和演绎
踏着暮春的石阶,在八百里武当赶路
一树树花香与清新,正深入灵魂追问

洗刷过无数风雨的庙宇石墙,问道
玄武问李耳问,三丰同问而练达文武
半山的槐花白得雪亮,照明登顶之路
山巅桃红之春来得晚些,正随雾羽化

紫霄宫南岩宫,都不及一方金殿
登山之心,凡人仙人无不怀虔诚登极
山顶一丝阳光,瞬间散尽心间的浓雾

仙境在眼在心,更在攀登者的切身
一步似一招,太极的手法诠释着八卦
天人合一的追问,脚下之道又在何方

莲湖湾的莲

寻一颗莲籽,踏遍万顷水域
深入沉睡的湖底,在莲湖湾
千年的种子,冲破水的束缚
以一朵莲的初心,亭亭玉立

循着水湾,铁皮舟划出浪迹
划出莲的方向,在浅水道中
找寻,一朵莲花的前世今生
夏至已至,荷叶成片地绿着

是羞涩的新娘,不愿出闺房
或闭目修行,待坐化时破土
寻一朵莲,寻一处静的梦乡

沁香扑鼻,是一株莲的体香
挺拔于水面,风华正茂之姿
走进莲湖湾内心,走不出莲

枯萎的河床

走下河堤,迈步河床
走进少时捡拾卵石水漂的时光

流水潺潺,并不波涛汹涌
一条河的骨架,裸露在夕阳下

逆光中,瓦砾、贝壳和着沙泥
静静地注视着,江水川流不息

鱼虾成群,不再担惊受怕
在禁捕的日子里,自由翱翔

一声叹息,从河床蔓延
沿着水流来的方向,涌入支流

偌大的一条江,就是一棵树
紧卧大地,有的支流枯萎如枝

水土流失的河床等待着春潮
水滴在跬步中澎湃,暗流涌动

日复一日的流淌，年轮终逝
眼角的皱纹落在江面波光粼粼

一条江，终归要融入另一条江
那是江的归宿，树的落叶归根

一个人，总得融入一种生活
这便是人的命运，与枯萎为敌

梦回蚕茧

蜕去最后一层皮,安眠在酣甜的梦中
一觉醒来,再蜕去成长的衣裳和羞涩
一对翅膀渐渐有力,但并不急于飞翔
化茧成蝶的梦想,几经波折终于成形

吐尽最后一根丝,织就天罗地网的茧
不是裹足不前,不是躲进小楼的胆怯
太累的跋涉,需要封闭的空间来反省
多少次的蜕变,唯有初心始终不曾变

那些蚕食桑叶的画面,照亮走过的路
每一片桑叶,让每一条蚕为之疯狂
那是果腹的食粮,更是成长的牵引力

梦回蚕茧,生命都是桑叶和爱心给的
从蚁蚕开始,脆弱的身躯一天天啃大
产卵之后,又等待着生命的再次轮回

那只猴

端坐在山间,静谧如石如峰
眼角的皱纹舒展,是雨过天晴
那块老树皮,双目炯炯有神
像空空的山洞,有些深不可测

彩蝶乱舞,无视过往的曲线
野花飘香,不过是季节的挑拨
满地的紫苏,也无法产生诱惑
跋涉的身影,仍然勾不起言语

就像岁月的一缕阳光,无声
那只猴,是一座满是阅历的山
不与世人计较,喜怒哀乐深藏

愤怒一旦激发,溪流便会咆哮
整个甘溪村便有了生气,空气
有了雨的活力,有了山的青春

南澳岛的风车

深居南海一隅的南澳岛,逐渐点亮
总兵府马灯,依然能够照明石炮台
宋井的水,清澈地抚平历史的焦虑
南澳大桥跨过海,跨过世间的烟火

一架架风车,在山顶上缓缓地招手
像三叶草的巨大叶片,每一圈旋转
都能照亮一户人家,让岛不再漆黑
让夜航的船只,找得到回家的路径

风力发电,如青澳湾的海水般干净
挑战冰天雪地,电力工人逆行风霜
掏出情与热,——温暖风车们的心
万家灯火,是夜空中的星辰和守望

你,在山的那一边

一山又一山,在雨水后苏醒
桃花李花油菜花,铺满来路

翻越一座山顶,进入云雾中
一口水塘站立在眼前,对峙

一行行茶树,分列在山腰间
一棵樟树,如老者照看孩子

一名采茶女,采摘豆蔻年华
将露珠放在风中,收起嫩叶

仿佛桃花源,泛起远古扁舟
松土施肥除虫,梳理着浊岸

你在山的那一边,淡淡微笑
我在山的这一边,逾越人间

秋,立在方广寺的檐角上

到方广寺,檐角上的风铃
正吻上第一缕秋风,白云
追逐,溪流般唱响进行曲
老牌坊,刚从夏夜中翻身

岳林村的凰菊,整夜未眠
夏天,最后一个午夜的风
比暴雨来得猛烈,山涧的
樟树与山上的竹争相呐喊

途经十里茶乡,一片朝阳
正穿行于季节的交替之中
几只老黄牛还沉浸在梦里

沿茶马古道去找寻溪之源
蜻蜓带路,蒲公英撑开伞
在最初的秋光里自然抵达

去菩萨崖

去菩萨崖的路上,鸡鸭欢快地跑开
深秋里最后一抹暖阳,跑到身后
收割后的田野,在眼前窜来窜去
一堆堆的野菊花,染黄了整个村落

宝盖的银杏,枝头挂满空荡和孤寂
三三两两的银杏叶,诉着季节的苦
慕名前来的脚步,在失落中沉重
谁把满地金黄,变幻成想象与奢望

登高望远,菩萨崖的长相深藏不露
拜会一尊菩萨,心中默念了千遍
也无法掀开那山的面纱,终究神秘

只要心生敬畏,眼前风物遍地美
银杏黄不了菩萨崖,一切不可强求
山水田间,所有的自然都那么自然

人是一根会思考的芦苇

一根芦苇的思想,只有河流知道
带离故乡后才会闪亮,包括记忆
谁又会在意一根芦苇的前世今生
不过一粒种子在河床上随遇而安

芦苇的春天在秋天,茂盛的生长
接近死亡的一刻,新生命才开始
向死而生对动物和植物不可避免
一根芦苇的忧伤不被发现和纪念

面对一江逝水发呆的人,是一根
芦苇,有着芦苇一言不发的姿势
像芦苇一样思考,而又无能为力

冬天的寒冷不期而遇,终将逝去
一江春水也无法延续芦苇的生命
再智慧的思考也难敌季节的淘汰

唐城过客

大唐的盛世,一直未停止仿制
一个极盛一时的王朝,让人着迷
多少邦国商贾慕名前往,只求
一身感受,梦圆在颔首微笑之间

几时风流如大唐,中外文人墨客
莫不仰望,无数文字欲还原梦想
大唐鬼宴从日本流入古城襄阳
在现代的尘土上,再筑唐城辉煌

一只猫,说着鬼魅离奇的宫事
一代贵妃,被演绎成纯真的情爱
还有什么不能穿越,历史或故事

踏入恢宏的城池,置身往事中央
古今传说一幕幕上演,人生何尝
不是一场演出,角色时常被更新

望一江秋月，照亮前路

月圆风疾，从湘江游上岸
行走在江边，踩碎一地月光

同一双脚，踩着同一条江堤
脚下儿时的路，被踩得生疼

月光，还是少年时的月光
中秋又圆，只是多了一层霜

写一首诗，想比月亮还圆
临江的古井，盛不下那乡愁

涓涓细流，将月残流入江
让江边望月的人，团圆而行

城市楼宇，已点亮万家灯火
最美的月亮，分明悬挂故乡

今夜，那一盏最温馨的灯
照亮前路，是跟我走的月亮

雾凇掉落,砸碎一地阳光

期待的心还在山脚时,太阳已上山
车到南天门,满地的冰来不及让路
十二块钱一副的冰爪,是颗定心丸
步履蹒跚的上行,追寻未化的雾凇

冬日暖阳正在回归,身处冰天雪地
寒气并未侵袭到骨髓,一两根冰条
顽皮地钻进后脖,颤抖才身临其境
被压弯腰,或压断身躯的松树在笑

一场冰雨,从路两旁的松枝上落下
满地的雪水,自发地流成一条小溪
雾凇频频掉落,砸碎一地金色阳光

火神祝融心情灿烂,极目远眺千里
北方的雪,仍在证明冬天的坏脾气
登顶一座山,春天正从不远处走来

一朵荷的魅力,高过一座座山

如何面对一朵含苞欲放的荷花
不要俯视偷窥那待嫁的花蕊
不要追寻扎根泥土的前世今生
在微风中相互点头,致意便好

临江村的荷,蜿蜒在雨母山间
一湖大山的清凉,为之哺乳
山谷小道延绵曲折,通达人家
村民的笑脸,映红着十里荷塘

蹲下身来,做一片出水的荷叶
沿着莲秆拔节的方向,仰望
一朵荷花长过山顶,直入云霄

冲破炎热与尘世,独自盛开
挣脱季节的禁锢和岁月的枯荣
一朵荷的魅力,高过一座座山

一棵竹笋穿越一棵树

即将长成一棵树,一棵笋
穿越一棵树的前世今生
在漫长的黑暗的地下
摸清了树根庞大的体系
从树桩的空心处看到阳光
义无反顾地冲破泥土的束缚
站立成一棵树年轻时的模样

树桩的身躯还未完全腐烂
像一个得道高僧圆寂的神情
屹立在满山的风吹雨打中
一座山就是一座自然的寺庙
每一棵树就是一个修炼的人

竹笋,一个不谙世事的孩子
怀揣一棵参天大树的心
梦想枝繁叶茂成为栋梁
却只能成就为一棵空心的竹

一棵竹笋的明天可以想象
用多年的积蓄赶超树的高度

不停地拔节就是人生的历练
没有花开和蜜蜂蝴蝶的喜爱
悟道在剔透的内心直入云霄

一粒芝麻

一粒芝麻,从树上摔下
没有一丝风,没有疼痛
狗尾巴草托住一片蓝天
一颗被季节遗弃的果实

捡起这粒芝麻,像捡起
沉重的半生,泥土之上
自由生长,风雨兼程
奋斗的模样,孤芳自赏

一粒芝麻,也有春天
有着强大的梦想和努力
拔节开花只是生命片刻

那坚硬的壳,以为可护
内心的弱,抵抗善意的
咀嚼,命运终无法逃脱

油菜花,开成时间过客

油菜花遍地开,染黄湘南的三月
山腰堆起的新坟,流着未干的眼泪
穿过雨滴,生命的流逝仿佛重现
看见追逐的童年,瞬间跑出了人间

还有压抑的春天,催促着四季
虫鸣蛰伏,满地的金黄鸦雀无声
看似热闹的绽放,内心长满孤独
莫大的空虚与恐惧,日子压榨成油

每一滴飘香,都历经冷暖虚怀若谷
从花到籽,到袒露内心的最后一刻
一朵油菜花,品尽生活的酸甜苦辣

还有些花逃离春天,成为时间过客
没有期待与悲伤,一颗心放之四海
不论因果轮回,一花一世界一辈子

这个冬天,还缺一杯酒

酿酒传承人说,酒分子喜欢在低温中发酵
就像爱情需要冷藏,存放在一个秘密的地方

这个冬天潮湿、阴冷,五谷杂粮钻进肚子
整个人便开始发酵,还有一些牛羊拼命入喉
仿佛世间万物都是酒分子,地球是个大酒缸

一个毫不密封的酒缸,酒味已经占领了
所有的地面和空间,以至于冷兵器和行走
也变得慵懒起来,仿佛尼采的酒神正在降临

忘掉圣经忘掉情爱论,忘掉私密和肮脏的话
忘掉雨还在一直下,忘掉没有发霉的心情
忘掉冬天和记忆,忘掉一切寒风和高烧流涕

忘掉自己,忘掉一个酒杯究竟能装几个朋友
忘掉今夜的梦和昨天的豪情万丈,忘掉眼泪
那些被笑容拧出的水,比冰刀更锋利和无情

这个冬天,需要什么才能温暖身体和记忆
一杯酒能否让夜静静醒来,让朝霞不再奢望
让痛的肉体长出刚毅,让燥的魂灵生发宁静

饮一江黄浦水

小雪无雪，冷阳高照
风，迎面冲来
带着黄浦江底的寒
如一把利剑剖开滚烫的胸膛

顺势取出一根坚硬的肋骨
右手紧握
左手抓一把夜幕的时光
敲响千里之外的千年石鼓

临江而坐
饮一江黄浦水
湘江黄浦江
长江支流上的两颗心
迅速在体内交融

一尾中华鲟跃出江面

午夜,大雪

似乎在哭
新生婴儿初到人间

哭声越大
笑声就更大

大多数人的欣喜
掩盖了一个人的痛楚
一个女人的受难

铺天盖地的雪
掩盖了太多的东西

城市的午夜渐渐白了
仿佛回到久远的村庄

时间与过往
那么多的歉疚
岂是一场雪能够偿还

向南不惑

少时,将自己莳田般植入泥土
等待秋收,好锁入粮仓

向南,向着故乡的方向
在风中,肆意生长
生怕长成一棵稗子的模样

人到不惑
寒冬的雨淋到春夜还久久不息

稻田,稻浪早已觥筹交错
油菜花,阡陌中酝酿
不再寄望花期,一朵花的礼成

收割的喜悦,更待归期
似笑靥的童年和考卷上的满分

看看窗外,风雨兼程
母亲二十年前的叮咛蜂拥而至
身旁,儿女的打闹此起彼伏

一场雪,怯弱地夹在雨中
点点滴滴,熨烫着鸿雁的过往

后记:从这里到那里

也 人

这里,是原点,是出发的地方,最初出发的地方或不断出发的地方。这里,说的是白水村,也是黄白路165号;是巾紫峰下,也是延安路22号、古汉大道36号、石鼓路66号……

那里,是方向,是目标,是需要抵达的地方,一个又一个地方。

但,那里又是哪里呢?

人生不惑,不断抵达,不断出发。从这里到那里,就需要一直思考:从这里究竟到哪里?

这里,就是我的原始出发地。这里,是母亲的子宫,是我的胞衣地。

母亲,已经成了我一辈子的怀念。她给了我生命,给了我梦想,给了我信念,给了我力量……但二十年前,她不再给我温暖。她的生命永远停留在不惑的时间里,留在永远的青春岁月里。而今,我已不惑,却时常迷惑。而母亲不再给我指引。

白水村,那个最初出发地就是我生命的源泉,是我不断出发又不断回望,而始终魂牵梦绕的地方。

当年的出发，是梦想和理想的追求；如今的回望，是反思和反省的回响。每次回望，向南回望，那是我的家乡，湘南之城衡阳之南。

命名"向南不惑"，与《晴空向南》《向南而立》《乡愁向南》一脉相承。"向南系列"就是对文学坚守的回望，实际上也是对人生的观照。

有人戏谑"建房要坐北朝南，写诗要镇东向南。"说明向南已然成为个人写作的地理标识。我曾在评论集《向南是一种温暖——从李镇东的〈向南而立〉说开去》的访谈中阐释过"为何向南"。向南，也是我已明确的创作方向。

文学高级职称，大学客座教授，中国作协会员，青春诗会代表……在不断抵达，又需要不断出发的节点，究竟何去何从？也需要不断地思考，重新定位才能继续出发。

那我究竟要到哪里去呢？这个问题很长一段时间都困扰着我，可能还将持续。

从《向南不惑》来看，诗是我抵达人生不同场地的隐秘方式——

全书四辑："一江碧水""登来雁塔""雨水之后""向南不惑"，选取了近四年来的创作作品，从生活出发，历经四季风雨，不断抵达命运，深入人生哲理。无论大好河山，还是生活片段，都在季节中，都在心里反复过滤和构思，以一行行的文字来表达，白天或黑夜，人或万物。

感谢《诗刊》社和长江文艺出版社编辑的热心帮助、倾心指导和用心编审。感谢一路走来,心怀诗意的人们给予的激励和鞭策。感谢我的家人一直默默地支持和奉献。

是时候再出发了,忘掉地平线吧,瞄准一个又一个那里,一起向未来。

2022 年 7 月 18 日于鲁迅文学院

图书在版编目（CIP）数据

向南不惑 / 也人著.-- 武汉：长江文艺出版社，2023.1

（第38届青春诗会诗丛）

ISBN 978-7-5702-2905-5

Ⅰ.①向… Ⅱ.①也… Ⅲ.①诗集－中国－当代 Ⅳ.①I227

中国版本图书馆 CIP 数据核字（2022）第 165328 号

向南不惑
XIANG NAN BU HUO

特约编辑：符　力
责任编辑：胡　璇　　　　　责任校对：毛季慧
封面设计：张致远　　　　　责任印制：邱　莉　　王光兴

出版：长江出版传媒　长江文艺出版社

地址：武汉市雄楚大街 268 号　　　邮编：430070

发行：长江文艺出版社

http://www.cjlap.com

印刷：湖北新华印务有限公司

开本：880 毫米×1230 毫米　　　1/32　　印张：4.75　　插页：4 页

版次：2023 年 1 月第 1 版　　　　2023 年 1 月第 1 次印刷

行数：3285 行

定价：52.00 元

版权所有，盗版必究（举报电话：027—87679308　　87679310）

（图书出现印装问题，本社负责调换）